À MES RÊVERIES.

À MES RÊVERIES:

CONTENANT

ERATO ET L'AMOUR,

POËME;

SUIVI

DES RIENS.

A LONDRES.

M. DCC. LXXI.

J'Avois réfolu de faire une longue Préface. Pour cela mon deffein étoit de ranger ici par ordre alphabétique tous les lieux communs poffibles, & d'y femer furtout cet air de Philofophie, l'ornement le plus à la mode. Je croyois pouvoir faire ce qu'ont fait tant d'autres : je me trompois, & je fuis forcé d'avouer que je n'ai pas toujours le talent d'ennuyer.

J'en demande pardon à ceux qui *jugent du tout par la Préface* ; mais qu'ils n'attendent de moi que quelques lignes écrites à la hâte & fans ordre ; car je ne conçois pas encore comment on peut fe gêner pour faire un avant-propos qui ne fera jamais lu.

Je vais paraitre dans le centre des Arts ; & quel
fera mon accueil ? Le Public eſt un juge bien dif-
ficile. Son gout, ſurtout en fait de Poëſies légeres,
eſt à-peu-près le même qu'en fait de luxe. Raſſaſié
du bon, il veut du meilleur ; & pour chatouiller ſa
délicateſſe il faut rafiner tous les jours. Pourquoi
le Génie a-t-il voulu ſe plier à ſon caprice, & s'é-
lever de plus en plus ? La médiocrité ne lui en
a point du tout obligation ; & moi, le premier,
j'en veux à pluſieurs perſonnes.

M. Dorat, par exemple, ne ſent-il point que
ſans lui mon Poëme feroit une fortune rapide ?
Pourquoi s'eſt-il aviſé d'en écrire de ſi jolis ? Il
me fait tort, & c'eſt mal ; d'ailleurs, s'il faut que

je l'avoue, il n'eſt pas beau joueur : eſt-il ſi diffi-
cile de chanter l'Amour, quand l'Amour dicte
lui-même ſon hymne ? Je vous en dis autant,
Meſſieurs, qui marchez dans cette carrière ; &, ſi
je ne brille pas à vos côtés, je vous prie de m'ex-
cuſer, & de croire que ce n'eſt pas ma faute.

Convaincu de leur ſuperiorité & de ma foibleſſe, j'ai cependant pris la plume. C'eſt une folie,
d'accord ; mais on la pardonne à la jeuneſſe, & j'ai
vu quelquefois des fous heureux. Je ne le ferai point,
& s'il ne s'agiſſoit que de perſuader mes lecteurs
de cette verité, j'aurois fini. Mais comme il ne
faut pas violer entierement les uſages, je ne puis
décemment me diſpenſer de babiller un peu ſur

ce petit Poëme , Grec d'origine, Latin par adop-
tion & François aujourd'hui je ne fçais pourquoi.

En parcourant à W . . . . . la Bibliotheque
de * . . . Il me tomba entre les mains un ancien
Manufcrit Grec : je l'ouvris , & parmi les Poëfies
qu'il

---

* Je me garde bien de la nommer , parce que j'ai deffein de puifer encore à cette fource. J'aurois pu la tenir
fecrette, & m'approprier l'invention de ce Poëme. Elle
m'auroit fait, à coup fûr, beaucoup d'honneur; mais j'ai
mieux aimé facrifier à la droiture un peu de gloire, ou
peut-être beaucoup de chagrin , car la vérité perce enfin
le nuage , & jette un jour accablant fur l'ufurpateur
anéanti. J'ai vu de ces Geais parés des plumes du Paon,
j'ai vu leur opprobre ; je les ai plaint & ne me foucie point
de l'être.

II

qu'il contenoit, le Poëme d'Erato fixa mes regards. Je le relus plufieurs fois, & avec beaucoup de défauts, j'y remarquai un affez grand
nombre de beautés agréables : je réfolus de le tra-
duire,&confiai mon deffein à M. de Malfilâtre mon
ami qui l'approuva. Il m'indiqua même une élégan-
te & fidèle traduction de cet ouvrage en vers latins,
écrite dans le douzieme fiécle, par un des plus aimables fous de l'Italie : ce fecours me fauva d'un
grand péril. Le tems & les rats avoient innocem-
ment emporté quelques nœuds principaux de l'hif-
toire. Trop pareffeux, ou trop foible pour inven-

Il eft affreux d'être ainfi dépouillé,

Aux mêmes yeux auxquels on a brillé.

B

ter, je fus charmé de me voir délivré de ce fardeau.
Il me fallut toujours faire quelques frais de répa-
ration , & donner un cadre neuf à ce vieux ta-
bleau ; enfin la traduction s'acheva sous les yeux
de mon ami. Je ne donnerai aucun prix à mon
travail : j'ai fait de mon mieux, & j'ai tâché de sui-
vre le sistême du Virgile François dans son discours
préliminaire qui n'a , je crois , d'autre mérite que
celui d'être sagement écrit.

Mais c'est trop abuser de la patience de mes lecteurs. Je ne finirai point comme plusieurs commen-
cent. Je nè demande point qu'on me louë , mais
qu'on me pardonne. Diversité c'est la devise de
mon siécle. On aime à rire parmi les penseurs ; &

après avoir admiré le couchant le plus radieux, nous folâtrons fur les fleurs avec les Zéphirs. Eh ! n'eft-il pas permis à celui qui n'a point, pour nous plaire, leur legèreté & leurs graces, d'emprunter des anciens & des étrangers, & de contribuer, par un doux commerce, à réveiller notre molle fatiété ?

Voilà ce que j'ai voulu faire, je n'ai point réuffi; & quoique j'aye recueilli de mon ouvrage, en charmant l'oifiveté, le fruit que je m'en propofois, je ne me flatte point d'avoir fait un bon Poëme. Il n'eft rien moins fans contredit ; mais je prie le Public de ne pas le prendre en mauvaife part. Il fçait que j'ai la reffource accoutumée & que je puis ous les jours le retoucher fans fcrupule jufqu'à ce que j'atteigne enfin une médiocre perfection. Il eft vrai qu'en attendant, j'ennuyerai ; mais par bonheur nous ne fommes plus au tems ou ennuyer étoit un crime impardonnable : la multiplicité des coupables lui affûre l'impunité.

J. Desrais inv.
J. B. Chatelain Sculp.

ERATO
ET L'AMOUR,
POËME.

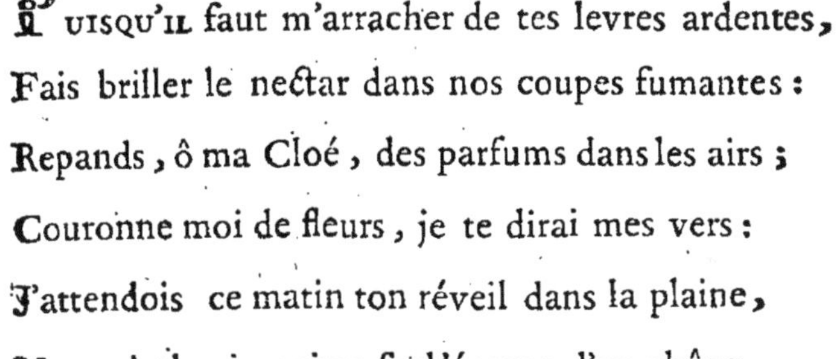

Puisqu'il faut m'arracher de tes levres ardentes,

Fais briller le nectar dans nos coupes fumantes :

Repands, ô ma Cloé, des parfums dans les airs ;

Couronne moi de fleurs, je te dirai mes vers :

J'attendois ce matin ton réveil dans la plaine,

Ma main les imprima sur l'écorce d'un chêne.

Ah ! s'ils peuvent de toi m'obtenir un souris,

Dans ta grotte, ce soir, tu les verras écrits.

C'est toi qui les fit naître ; ils ont droit de te plaire :

J'en demande à tes pieds le plus charmant salaire ;

Pour le rendre plus doux, tu dois le refûfer ;

Mais daigne au moins, Cloé, m'avancer un baifer.

Ces Mufes que l'on voit avec tant de courage,

Effacer de leurs fronts, les injures de l'âge,

Cacher leurs cheveux gris fous les lauriers difcrets,

Et combattre, fans dents, pour leurs derniers attraits ,

Enchantoient autrefois les rives du Permeffe.

Belles fans le vouloir, au fein de la jeuneffe,

Ne croyant poffeder que l'art vain de rimer,

Elles avoient encor l'art plus doux de charmer.

A leur taille, à leurs traits on croyoit voir les graces.

Les defirs empreffés voltigeoient fur leurs traces :

Palpitant, à leurs piéds, feroit tombé l'Amour,

S'il eut pu fe montrer dans cet heureux féjour.

Amour, Dieu bienfaifant, que je veux toujours fuivre;

Sans toi, fans tes plaifirs, c'eft un tourment de vivre!

Et les Mufes du Pinde, ont ofé te bannir !...

Que la trifte laideur, ait droit de te punir!

Mais la tendre beauté, mais ton charmant ouvrage,

A-t-il le droit affreux de connoître la rage,

D'éteindre le flambeau que tu mets dans fa main,
D'ordonner fon malheur, en te fermant fon fein?

'Ainfi, lorfqu'aujourd'hui, par l'intérêt guidées,
Dans l'hyver de leurs ans, les Mufes dégradées,
Vont mendier l'opprobre au Palais des Créfus,
Et vendent fans rougir leur encens aux Craffus;
Dans la faifon d'aimer, dans l'âge où l'on s'égare,
Elles fuyoient l'amour, comme un tyran barbare;
Et de leurs fers dorés n'ofant plus s'arracher,
Sous des chaînes de fleurs s'indignoient de marcher.

Mais ce Dieu va braver un arrêt trop févère.
Errant en ce moment dans les bois de Cythère,
» Réveillons-nous, dit-il, de ce lâche repos;
» J'ai fait affez pleuvoir & de biens & de maux,
» L'univers a de quoi s'occuper la journée:
« Je veux, par mes exploits, qu'elle foit couronnée.
» Je reprendrai demain le foin de mes états;
» Mais, ma mere, aujourd'hui je m'arrache à vos bras.

» La troupe des neuf sœurs, aux noirs soupçons livrée,

» Du Pinde de tout tems m'a défendu l'entrée ;

» C'en est fait, & je pars : quelque soit leur courroux,

» De mes fleches armé, je m'expose à leurs coups.

» Je sçaurai bien franchir le sommet du Parnasse ;

» Dans leur temple bientôt j'entrerai plein d'audace ;

» Aux pieds de leurs Autels je veux les défier ;

» C'est un secret nouveau pour me desennuyer.

Il dit ; & soulevé par les zéphirs fideles,

Il fend l'azur serein de ses brillantes aîles.

Sur des nuages d'or, bondissans au hazard,

Les ris, du Conquerant, font briller l'étendart :

L'un seme de parfums la route qu'il sillonne,

L'autre, d'un doigt léger, en volant, le couronne ;

Celui-ci, dans les airs, fait briller son flambeau,

Et son carquois chargé du destin d'Erato.

ERATO, de l'Amour ennemie éternelle,

Des Muses la plus jeune, en étoit la plus belle :

Un

Un feul de fes regards auroit fixé Pâris ;

Et c'étoit à la fois , Hebé, Flore , & Cypris.

Déjà l'Amour marchoit à travers d'un bois fombre ,

Où fouvent Erato venoit rêver à l'ombre.

Il eft bien près ce Dieu qu'elle ofe tant braver !

Pour comble de malheur, lorfqu'elle eut dû rêver,

Le fommeil l'enchaînoit au dangereux murmure

D'un ruiffeau bondiffant fur un lit de verdure.

Elle dormoit ; l'Amour inquiet , agité

S'arrête . . . . mais bien-tôt par l'efpoir emporté,

Il approche , il fe penche , il la voit , & l'adore.

Sa main voudroit preffer ce que fon œil devore.

Erato repofoit fur le fein des plaifirs :

Ses bras abandonnés appellent les defirs ;

Il femble, pour l'Amour, qu'Erato s'embelliffe ,

Même, qu'en la fervant la pudeur la trahiffe.

Ses charmes, que jamais ne put compter le jour,

Ne font point découverts aux baifers de l'Amour ;

Mais un voile envieux les cache à l'œil avide ,

Et les laiffe entrevoir, heureufement perfide.

» Zephire, dit le Dieu, toi qui fus autrefois

» Seconder de l'Amour les rapides exploits,

» Quand les fœurs de Diane, à leur reveil tremblantes,

» Se fentirent preffer de mes levres brûlantes ;

» Tu vois quels font mes feux : viens les fervir encor,

» Découvre ces appas, livre moi ce tréfor.

Bien-tôt l'Amant des fleurs, de fon aîle legere,

Souleve mollement la gaze trop fevere,

Et rompt le nœud cruel qui captive fon fein :

Les fônges fourioient à ce charmant larcin.

L'Amour fe jette alors fur fa bouche vermeille,

L'humecte d'un baifer... Erato fe reveille,

Fait un cri, voit l'Amour, fe leve en fremiffant,

S'élance pour faifir fon vainqueur innocent :

Mais le Dieu plus adroit, de fes mains affûrées,

Tire de fon carquois, mille fleches dorées,

Les fait voler foudain fur la Nymphe qu'il fuit.

Déja d'un pied plus lent, Erato le pourfuit,

(19)

Elle va l'appeller, pour lui rendre les armes,

Mais ses yeux languissans se remplissent de larmes;

Elle tremble, soupire, & tombe sur les fleurs.

Amour, puissant Amour, viens guerir ses douleurs!

Il revole sur elle : en ses bras il la presse,

Et séme chaque attrait de transports pleins d'yvresse;

De ses lévres de rose, entrouvrant le corail,

Son haleine féconde en ranime l'émail.

Mais Erato rejette un secours qui la flatte,

Et combat comme il faut qu'une Nymphe combatte;

Sans vouloir sa défaite, & craignant dans son cœur,

Qu'un ennemi si beau ne soit point son vainqueur.

Sa bouche aime à trouver la bouche qu'elle évite.

Souvent malgré l'Amour qui s'oppose à sa fuite,

La Muse, à ses efforts, feint de se dérober :

Dans ses bras étendus, c'est pour mieux retomber.

Sous ses ardents baisers enfin elle se pâme;

Et son cœur frissonnant en recueille la flamme.

Par des baisers plus doux ils sont déja rendus :

Leurs sens, dans les transports s'éteignent confondus:

De plaifir, Erato pleure, rit, & foupire ;

Vingt fois, fur fon beau fein, le Dieu renaît, expire.

Enfin la volupté, qui fourit à leurs jeux,

De rofes & de mirte, a couronné leurs feux.

D'un éclat plus ferein l'azur des airs fe dore ;

Une moiffon de fleurs couvre le fein de Flore ;

Et des vents rafraichis les foufles embaumés

Repouffent le defir, fur les amans charmés.

Mais de cris redoublés, les Mufes vagabondes,

Ébranlent tout-à-coup ces retraites profondes.

L'effain des jeux pâlit, le zéphir s'eft troublé,

La Nymphe en a frémi, l'Amour même a tremblé.

Dans un Antre voifin il va cacher fon crime.

Les Mufes du Parnaffe abandonnant la cîme,

A pas precipités, accouroient en ce lieu,

"" Et crioient : oui, c'eft lui ; vengeons nous, c'eft le Dieu.

"" Mes fœurs dit Erato, vous avez vu le traitre,

"" Et, fans vous, aujourd'hui j'euffe expiré peut être.

"" En vain je refiftais à fon coupable effort,

"" Son poignard, dans mon cœur, alloit plonger la mort.

» J'admire l'amitié qui vole à ma défenſe ,

» Mais que ſert d'accourir & de crier vengeance ?

» Et ſur qui, dites moi, peut-elle s'élever ?

» Helaṣ ! impunement on a pu nous braver !

» Par vos cris effrayé, craignant votre pourſuite,

» Loin d'ici dans Paphos, l'Amour porte ſa fuite.

En achevant ces mots, Erato rougiſſoit :

Son troüble, ſa rougeur, quand tout la trahiſſoit,

Les Muſes, vains jouets de ce menſonge habile,

Retournent vers le mont d'un pas lent & tranquille;

Et loin de ſoupçonner l'Amour dans leurs états,

Reprennent leurs crayons, & deſarment leurs bras.

Erato s'applaudit de ſauver ce qu'elle aime.

Mais l'indiſcret Amour va ſe trahir lui-même :

Il craint pour ſon amante, & cedant à ſes feux,

Il veut veiller de loin, & la ſuivre des yeux.

Il ſort imprudemment de ſon Antre ſauvage,

Et comble ſes deſirs à travers le feuillage.

Tandis que fon flambeau, dans fes doigts incertains,

Par les vents agité, va changer fes deftins.

Dans l'ombrage touffu déjà la flâme brille,

Et dévore, à grand bruit, le taillis qui pétille.

Les bois font embrâfés ; & les feux ondoyans

Surmontent des bofquets les dômes verdoyans.

De ce flambeau fatal pouvoit-on moins attendre ?

Jadis fon étincelle à réduit Troye en cendre.

Des débris murmurans la funefte lueur,

Des tranquilles forets avoit percé l'horreur.

On reconnoit le Dieu ; par la rage enhardie,

La troupe des neuf fœurs accourt à l'incendie,

S'élance fur l'Amour ; & d'un pié qui fend l'air,

Preffe fes piés légers, auffi prompts que l'éclair.

On le pourfuit longtems avec le même zèle ;

A chaque inftant on croit le faifir par une aîle :

Le Dieu trompe l'effort ; & par mille détours,

Prêt toujours d'être pris, il échappe toujours.

Erato par ſes vœux preſſe ſa courſe active ;

Mais ſa fuite eſt ſouvent, à ſon gré, trop tardive ;

Et pour mieux l'arracher à ce fatal danger :

« Repoſez-vous ſur moi du ſoin de nous venger,

» Leur dit-elle, ô mes ſœurs ; ceſſez de le pourſuivre :

» Laiſſez moi cet honneur : & mon bras vous le livre.

Elle triomphe : on céde à ce noble tranſport.

Déja ſur ſon amant elle a pris ſon eſſor ;

La terre, ſous ſes pas, s'enfuit comme un nuage

Emporté dans les airs par un rapide orage.

Mais que dans ſon eſpoir elle ſe vit tromper !

Lorſqu'elle donne au Dieu le pouvoir d'échapper,

Il tombe à ſes genoux, les preſſe, & les embraſſe.

» Je ſuis captif, dit-il, enchaîne moi de grace.

» Fuis, répond Erato, fuis, emporte mes feux ;

» Qu'il ne reſte, de toi, que ton cœur en ces lieux !

» Ah ! croirai-je, Erato, cet excès de tendreſſe,

» Quand tu peux eſpérer que ton amant te laiſſe ?

» Mais non , ta haine envain cherche à nous défunir. »

» Cruelle, dans tes fers , je veux vivre & mourir.

Des Mufes tout-à-coup l'effain les environne ;

Et tandis qu'Erato de fa gloire friffonne ,

Leurs cris victorieux , frappant vingt fois le ciel ,

Apprennent aux échos leur triomphe cruel.

En ces momens affreux, il ne manque à leur joye ,

Que le moyen fanglant de dévorer leur proie.

La rage a prononcé l'abominable arrêt.

Le fer brille levé , le coup fatal eft prêt ;

La victime l'attend d'un front inaltérable :

Loin d'Erato la vie eft un poids qui l'accable ,

Et s'il recule encor fur le bord du tombeau ,

C'eft qu'il veut y tomber de la main d'Erato.

Mais dans un cœur ardent que ne peut la tendreffe

J'admire d'Erato l'ingénieufe adreffe.

Elle arrête dans l'air , la mort prête à voler.

» De la foif de punir j'aime à vous voir brûler,

Dit-

› Dit-elle : mais mon bras en difpute la gloire ;

› Et je veux le captif, pour prix de ma victoire.

› Oui, c'eft à moi, mes fœurs, de déchirer fon flanc,

› Et d'en faire, fur vous, jaillir l'indigne fang.

› Mais, après tout, la mort eft trop peu pour un traitre,

› Le crime eft éternel : le châtiment doit l'être ;

› La mort n'eft qu'un inftant ; fes maux feroient paffés ;

› Et, graces à mes foins, l'un fur l'autre entaffés,

› Ils péferont longtems fur fa tête rebelle.

› Sans ceffe il renaîtra pour une mort nouvelle ;

› Et bientôt le perfide éteindra de fes pleurs

› L'incendie, attifé par fes lâches fureurs.

Elle dit : auffi-tôt d'une voix unanime,

On remet, en fes mains, la charmante victime.

ERATO, dans le bois, conduit le jeune Amour ;

Et choifit un lieu fombre, impénétrable au jour,

De peur que d'un rayon la chaleur meurtriere,

En fanant fes attraits, ne bleffe fa paupiere.

D

Elle l'enchaîne alors aux branches d'un laurier ,

Et voudroit dans ſes fers avec lui ſe lier.

Dépouillant les gazons de leurs riches offrandes ,

Sa délicate main treſſe mille guirlandes ,

En charge le captif ; & craint de le bleſſer.

A peine ſur ſon ſein elle oſe le preſſer ;

Et par mille tranſports , mille baiſers humides ,

Du tourment de l'effroi , venge ſes feux avides.

Zéphire cependant , du Parnaſſe envolé ,

Va ſemant la terreur dans Paphos déſolé :

Du palais de Cypris il a franchi l'enceinte ,

Et déjà ſon récit la fait pâlir de crainte.

… Quoi ! s'écria Cypris celui qui de ſes feux

… Remplit la terre & l'onde , & fait rouler les cieux ;

… L'invincible ennemi qu'en vain Jupiter brave ,

… Le Roi du monde entier , l'Amour peut être eſclave ?

… Il rampe , loin de moi , ſous des tyrans hardis !

… Cypris n'eſt donc plus mere , & j'ai perdu mon fils !

S ur son sein , à ces mots , de précieuses larmes

S'échappent de ses yeux, & décorent ses charmes.

» Ah ! faisons, poursuit-elle , un généreux effort,

» Pour arracher mon fils à son funeste sort !

» Les Muses, je le sçais , sont féroces , terribles ;

» Mais l'or peut ébranler leurs ames inflexibles.

» L'or, ce tyran altier, jamais ne parle envain ;

» Il fait tomber les fers, & les portes d'airain.

Loin de Paphos déjà vole son char rapide ;

Comme un trait, en sifflant, il glisse dans le vuide;

Et du Pinde bientôt foulant les prés fleuris ,

A la Cour des neuf Sœurs , il a conduit Cypris.

Eperdue , à leurs pieds, elle se précipite ;

Et pressant leurs genoux , sur son flanc qui palpite,

Demande par ses pleurs son fils, ou le trépas.

Mere trop malheureuse , on ne vous entend pas !

Vous parlez aux rochers : & leur ame farouche ,

Repousse la pitié, s'indigne qu'on la touche.

» Je vois , dit-elle, enfin qu'on ne peut vous fléchir :

» Votre cœur est de fer, & ne peut s'attendrir,

» Le cri profond du sang , le transport d'une mere,

» Est, pour vos sens glacés , un son foible & vulgaire ,

» Du moins, si la nature a sur vous quelques droits,

» Que j'embrasse mon fils pour la derniere fois !

» Oui, je veux à mon fils dire un adieu funeste :

» Dans mon malheur affreux , c'est tout ce qui me reste.

On ne peut resister à de si tendres vœux :

Cypris revoit enfin cet objet précieux ,

Se jette dans ses bras ; & sa tête penchée,

Sur son cœur éperdu , demeuroit attachée :

Ses cris épouvantoient les sensibles échos ;

En gémissant , l'amour recueilloit ses sanglots.

Dans mille embrassemens quand leurs cœurs se confondent ,

A leurs pleurs , d'Erato les tristes pleurs répondent.

D'une heureuse pitié les nouvelles chaleurs ,

Pénétrent tout-à-coup dans l'ame de ses sœurs :

D'un sentiment si doux leur cruauté s'accuse ;

Mais Cypris, Erato , l'Amour , tout les excuse.

» Eh ! quoi, difoit Cypris, je ne pourrai mourir,

» Lorfque j'ai tout perdu, quand mon fils va périr ! ..

» Il ne périra point, lui répond Uranie :

» Sa rage, par la mort, devoit être punie ;

» Mais frémiffant des maux que vous auriez foufferts,

» Nous bornons la vengeance, à lui laiffer fes fers.

» Aux pleurs de la beauté, la colere fuccombe.

» Ce lieu qui, fous fes pas, ouvroit dejà la tombe,

» A refermé fon fein : & fe change en prifon.

» S'il n'eft que prifonnier, j'apporte fa rançon,

S'écria la Déeffe ; & bientôt de la joie,

La brillante étincelle, en fes yeux, fe déploie.

A leurs regards furpris, elle étale un tréfor :

Les Mufes, dans ce tems, ne connoiffoient point l'or.

Chacune s'en faifit, & dans fes mains le preffe ;

Le cœur fent auffi-tôt fon amorce traitreffe.

Son éclat enchanteur enfin l'a décidé :

On délivre l'amour ; le métal eft gardé.

Cypris déjà triomphe ; & ſes ciſeaux flexibles

Vont briſer du captif les chaînes peu terribles.

» Arrêtez, dit le Dieu, reſpectez ces liens ;

» Ce ſont là mes tréſors, je n'ai plus d'autres biens.

« Je ſuis libre par vous ; mais je veux être eſclave,

» Je ne puis m'arracher de mon heureuſe entrave !

» Que j'aime à me rouler dans ces fers précieux !

» Ah ! que ne pouvez-vous en reſſerrer les nœuds !

» Je les tiens d'Erato , jugez ſi je les aime !..

» Je n'écoute plus rien que ma tendreſſe extrême ;

» Si ma chaîne , à vos yeux, avilit votre fils ,

« Qu'on me donne Erato ; je n'en ſors qu'à ce prix !

» Eh ! bien, s'écrie alors ſon amante embrâſée,

» Je l'ordonne, achevez : qu'elle tombe briſée.

» Crains tu que de tes bras , on m'oſe ſéparer ?

» Si dans ces lieux cruels je ne puis t'adorer,

» Je fuirai pour te ſuivre ou nul être reſpire.....

» Mais ne peut-il, mes ſœurs , habiter votre Empire ?

» L'aimer, eſt le ſeul mal qu'on riſque à voir l'Amour.

» D'un enfant tendre, frais, & plus beau que le jour,

» Hélas ! vous redoutez la charmante foibleſſe !

» L'Amour ne mord jamais la main qui le careſſe.

» Ah ! cedez à mes pleurs, uniſſez deux amans ;

» Par un bienfait ſi doux effacez nos tourmens !

Enfin l'Amour jouit ; les Muſes lui pardonnent,

De guirlandes leurs mains, à l'envi le couronnent.

Sur les lauriers ſurpris, leurs chiffres enlaſſés,

Sous les doigts des plaiſirs, déjà brillent tracés.

Où le feu dévoroit des boſquets ſans culture,

Les mirtes ont courbé des berceaux de verdure,

Et, de l'heureux myſtere, empruntant les rideaux,

Invitent les époux à des tranſports nouveaux.

Aux genoux d'Erato, jurant d'être fidèles,

De l'amour, qui ſourit, les jeux offrent les aîles.

» Oui, s'écria le Dieu, jette toi ſur mon ſein ;

» Serrons, par cents baiſers, la chaîne de l'Hymen.

» Mes feux font immortels : les heures enchantées ,

» Par nos brulans plaifirs , feront toujours comptées.

» Si jamais un moment je ceffe de t'aimer,

» Tien , voilà tous mes traits ; ils fçauront m'emflammer.

LES RIENS.

E

Gravé par L Sailliar d'après le dessin de C L Defruis. 1771

LES RIENS.

ÉPITRE AUX BAISERS.

Vous pour qui je laiſſe Thémire

Et les fades propos du jour :

Aimables enfans de l'Amour,

Baiſers, je me damne a vous lire.

De la folle légéreté,

Envain, le tourbillon perfide

M'arrache à ma felicité,

Et roule mes plaiſirs dans ſa courſe rapide ;

Des Amours le folâtre eſſain.

M'arrête bien-tôt dans ma fuite,

Me ramene à vous par la main :

La volupté me précipite,

Je retombe ſur votre ſein ;

E ij

(36)

Le couvrant d'amoureuſes larmes,
Heureux en dépit des jaloux,
Je m'enveloppe de vos charmes,
Pour n'entendre, ne voir que vous.

Que j'aime ces fruits du delire,
Ces riens ingenieux & tous ces jolis vers
Si ſeduiſans, ſi doux, qu'Apollon prend les airs
De publier qu'il les inſpire.
Mais moi des lévres de l'Amour
Sans ceſſe je les vois éclorre,
Et défier ces fleurs qu'a vu naître l'Aurore,
Et que flétrit le premier trait du jour.
Parés des mains de la nature
Sur le ſein de Vénus b rcés,
Et dans les plis de ſa ceinture
Avec les ris entrelacés,
Ils folâtrent ſur la verdure,
Et loin de la carriere obſcure,
Sur l'aîle de l'Amour, ils vont être lancés.

La gloire leur montre fes traces;

Zéphir les fouleve dans l'air :

Ils fe balançent fur les graces,

Et s'envolent comme un éclair.

Tandis que l'envie allarmée

Détourne fes regards des fillons radieux

Que traîne leur aîle enflammée,

Au Trône du Génie, & jufqu'aux pieds des Dieux;

Dans mes fens embrâfés, Baifers voluptueux,

Vous verfez àlongs traits des plaifirs déleƈtables;

Mais croyez-moi c'eft trop charmer les yeux:

Que l'art de plaire eft dangereux !

Baifers, vous êtes trop aimables.

Vos appas indifcrets troublent tout dans Paris ;

Le rendez-vous, le tête-à-tête

Vont déjà préfenter requête

Au brillant confeil de Cypris.

On affronte pour vous la mode & l'étiquette;

Le beau ton languit fans pouvoir :

Chacun déferte la toilette ;

Et , feule, la beauté s'endort dans le boudoir.

Si des époux ravis vous calmez les allarmes ,

Le fexe abandonné , le critique jaloux ,

Ne vous pardonnent point, dans leur jufte couroux ;

L'un vos attraits , l'autre fes larmes.

Moi qui n'idolâtre que vous ,

Je ne crains point qu'Amour vous ait donné trop d'armes;

Augmentez , s'il fe peut , vos charmes :

Donnez moi, s'il fe peut , des jours cent fois plus doux.

Au fond de mes bofquets , fur un trône que Flore

Jadis éleva pour Zéphir ,

Tendres Baifers , je vous dévore :

Le jour , réveillé par l'aurore ,

De vos beautés me voit jouir ;

Et fur mon fein preffés , la nuit vous trouve encore.

Près de moi le tems arrêté

Dans des guirlandes éternelles

'A fixé sa légéreté ;

Et , s'il reprend jamais ses aîles ,

C'eſt pour vous annoncer à l'immortalité.

A CLOÉ.

CLoé , l'hyver blanchit ces plaines

Qu'avec toi j'aimois à fouler :

Son bras arrête les fontaines

Impatientes de rouler.

Bravons sa piquante froidure

'Auprès de cet ardent foyer ;

Et lorſque gémit la nature ,

Cloé , ſachons nous égayer.

Dans le sein du Dieu de la treille ;
Échauffons les tendres plaisirs
Verse moi sa liqueur vermeille :
Buvons à longs traits les desirs.

Donne moi cent baisers de flâmme ;
Je me plongerai da ns tes bras :
Vingt fois j'imprimerai mon âme
Sur le moindre de tes appas.

A chaque instant, lorsqu'on s'adore,
Cloé , lorsqu'on jouit to ujours ,
Crois-moi ; le Printems dure encore :
Le plaisir seul fait les beaux jours.

LE

LE SOUPER.

Dans un frais & sombre bosquet,

Sur une table de verdure,

Servi des mains de la nature,

Cloé, que ce soupé me plait !

Loin du bruit & des étiquettes,

Loin de l'exacte gravité,

Les guirlandes font nos serviettes:

Nous buvons à la volupté.

En dépit de la bienféance,

Les jeux, les ris & la Gaîté,

Repouffent la fotte opulence,

Et nous rendent la négligence,

L'appétit & la liberté.

Des Zéphirs les aimables grouppes,

Nous parfument de leurs foupirs;

L'effain folâtre des defirs,

Voltige au hazard fur nos coupes,

Et nous annonce les plaifirs.

Cloé, voici l'heure charmante ;

Laiffe flotter tes beaux cheveux ,

Brife tes rubans & tes nœuds,

Livre moi toute mon amante.

O ciel ! quel fpectacle enchanteur,

Cloé , jouis de mon extafe ;

Acheve , arrache encor la gaze ,

Et garde une aimable pudeur.

Sein de rofe , tréfors d'albâtre ,

Je puis donc enfin vous preffer !

Je compte d'un œil idolâtre ,

Les charmes que je vais fucer.

Ah ! jette toi fur la verdure ,

Ouvre moi tes bras amoureux ;

Cloé , fais briller dans tes yeux ,

Un rayon piquant de luxure ;

Donne le fignal à mes feux.

(43)

Si tu veux, ces amours fidèles;

Qui pour nous tiennent leur flambeau;,

L'éteindront d'un coup de leurs aîles,

Ou vont reprendre leur bandeau.

Que dis-je ? Dieux de ces bocages,

Nymphes, Faunes, Zéphirs volages,

Soyez témoins de notre ardeur :

Amours, préfidez au myftere ;

Je veux que la nature entiere,

Soit heureufe de mon bonheur !

A CLOÉ.

CLOÉ, ne compte point nos jours,
Pour nos transports garde tes larmes;
Compte, si tu veux, mes amours,
Et moi je compterai tes charmes.

Ah ! Qu'importe, aux sein des desirs,
Que le fer de la mort s'aiguise ?
Buvons la coupe des plaisirs,
Ne songeons pas qu'elle s'épuise.

Nous ne vivons qu'un seul moment,
Eh ! bien qu'il soit pour la folie;
L'éclair est moins prompt que la vie ,
Mourons du moins en nous aimant.

Mettons à profit un mensonge
Des dons du ciel le plus flatteur;
Oui, Cloé, la vie est un songe :
Il faut faire un songe enchanteur.

LA VENGEANCE.

ZEPHIRE careffoit les gazons ranimés ;

Et des ris la troupe légere ,

Dans les fombres bofquets , fur les amans charmés ,

Tiroit les voiles du myftere.

Preffant dans mes bras amoureux ,

Le fein brûlant de ma maitreffe ,

De nos tranfports je refferrois les nœuds ,

Nous expirions de plaifir & d'yvreffe ;

Et d'un calme délicieux

Recueillant l'heureufe moleffe ,

Par cents baifers voluptueux ,

Cloé réchauffoit ma tendreffe ,

Et dans mes fens éteints , fouffloit de nouveaux feux.

Faut-il que du plaifir les rofes foient mortelles ?

» Difoit Cloé : que nous fert d'être amans ?

(46)

» Le plaisir ne vient qu'à pas lents ;

» Et , pour s'enfuire , il a des aîles !

» Mais si le plaisir est léger ,

» C'est parce que l'amour l'entraine ;

» L'Amour se plait à voltiger.

» Qu'il revienne demain jouer dans ce verger,

» De ma guirlande je l'enchaîne,

» Et, par mille tourmens, je saurai m'en venger.

» Que dis-je ? n'est-ce pas sa main enchanteresse

» Qui versa dans mon cœur les feux du sentiment ;

» Et les desirs , & la tendresse ;

» Et qui des fleurs de la jeunesse ,

» Couronna mon fidèle amant ?

» Moi , te punir, Amour !.. Non va je te pardonne.

Alors je tombe à ses genoux,

J'humecte son beau sein des baisers les plus doux.

» Tien, prend, lui dis-je, encor mes rubans , ma couronne

» Suis ton juste courroux.

>> L'Amour, pour t'embellir, épuifa fes richeffes ;

>> Il te prodigua tout, Cloé, je le fcais bien :

>> Mais doit-il échapper à tes mains vengereffes ?

>> Hélas ! il ne me donna rien.

>> Je ne fçais point toucher fa lyre,

>> Et je n'ai pas l'art de charmer ;

>> Je n'ai donc que celui d'aimer.....

>> Encor, c'eft toi qui me l'infpire !

A MONSIEUR DE P..

L'Horrible veuve de Saturne

Aux piéds du plus beau Céladon,

Pour vous fa belle paffion,

Son petit rendez-vous noċturne,

Me paroit un roman de votre invention.

Mais, par malheur, j'ai quelque expérience ;

Croyez-moi, de fes bras il faut vous arracher ;

Elle eft trop vieille pour pécher,

Et vous, trop jeune encor pour faire penitence.

EPITRE A Mr....

LA nature vient de renaitre,

Et le front couronné de fleurs,

Ouvre déjà son fein aux cœurs

'Affez heureux pour vouloir l'être.

L'Amour fur l'aîle des Zéphirs,

Pour les champs, déferte la ville;

Et dans cet agréable azile,

Porte les plus charmans plaifirs,

Puifque, au moins là, fa main habile,

Les enchaînera de defirs.

On dit, fur les rofes nouvelles,

Qu'il jette fon bandeau, fes aîles;

Et qu'il fait vœu devant les ris,

De n'en reprendre qu'à Paris,

'A la toilette de nos belles.

De fi beaux vœux foient accomplis !
Cher ami, ne t'informe guere,
Pourquoi je puis le fouhaiter ;
C'eft que je veux en profiter :
De plus encor, c'eft que j'efpere,
Que tu daigneras m'imiter.

Au tourbillon qui nous engage,
Arrachons nous pour un inftant ;
Allons revoir notre hermitage,
Où l'allégreffe nous attend.
Dans cette aimable folitude,
Si nous relâchons à l'étude
Quelques momens, point de courroux ;
Ces momens feront les plus doux.
Nous ne ferons aucun fiftême,
Et fi Neuton & fes rivaux,
Nous apportent leur face blême,
Pour dementeler nos cerveaux :

G

Notre complaifant Epicure

M'a promis que, fans procédure,

Il leur diroit par la ferrure,

Un très poli *nefcio vos.*

Mais fur le bord d'une fontaine,

Nous irons rire & folâtrer,

Avec celui qui fur la fçène,

Tant de fois nous a fait pleurer.

Nous compterons auffi les rofes

Que l'amour la nature & l'art,

Dans leurs mains ont toujours éclofes,

Et pour Tibulle & pour Bernard.

Toi même, qui d'un vol rapide,

Tantôt en aigle audacieux

T'élance, pénétre les cieux,

Et fixe d'un œil intrépide,

Le confeil augufte des Dieux ;

Et tantot colombe éplorée,

Qu'Amour ne cesse d'inspirer ,

Sur les genoux de Citherée ,

Va languissamment soupirer ;

Tu célébreras la verdure ,

Le deuil aimable des forêts ,

Les clairs ruisseaux , les antres frais ,

Du feuillage le doux murmure ;

Des nuits l'incertaine clarté ,

Des jours la brillante carriere ,

La Lune , son trône argenté ,

Le Soleil , son char de lumiere ,

Et tout l'Univers enchanté.

Nous verrons du haut des montagnes ,

Courir les faunes bondissans ,

Soulever dans leurs bras ardens ,

Le sein léger de leurs compagnes,

Et de leurs pieds retentissans ,

Frapper ensemble les campagnes.

Ainsi fidèles au desir ,

Toujours par une aimable chaîne ,

(52)

Volant de plaifir en plaifir,

Sans regret, fans chagrin, fans peine,

Nous apprendrons l'art de jouir :

Et fi ce meurtrier habile,

A qui, pour endormir la ville,

Le beau ton prête fes couleurs,

Si l'ennui, flétriffant nos cœurs,

Vient fe gliffer dans notre azile,

Nous l'étoufferons fous les fleurs.

Le bonheur régnera fans ceffe ;

Et, s'il faut pour notre allégreffe,

Des defirs toujours renaiffans ;

Notre ingénieufe molleffe,

En fémera tous nos inftans :

Entre l'amitié, la tendreffe,

Nous partagerons notre tems.

L'Amour nous couvrant de fon aîle,

Tous les foirs noùs endormira,

L'amitié nous réveillera

Pour une volupté nouvelle.

(53)

A des jeux si charmans, si doux,

Que ne consacrons nous la vie ?

La sagesse toujours publie,

Que tous les mortels sont des fous,

Que leur partage est la folie;

Eh bien ! la faute en est aux Dieux :

Puisque c'est un mal nécessaire,

Je m'en console de mon mieux ı

Chacun est fol à sa maniere ;

Ami, soyons des fous heureux.

A GLICERE.

Vous avez le teint de l'aurore,

La douce haleine de Cloris ;

Les yeux de la charmante Laure,

La taille & les traits de Cipris.

Tressés des mains de la nature,

Couronnés des fleurs du matin,

Vos cheveux d'or , à l'aventure ,
Vont careffer votre beau fein.

De votre bouche un doux fourire
Effleure le mol incarnat ,
Et parcourt l'émail dont Zéphire ,
Ranime tous les jours l'éclat.

Dans votre piquante prunelle ,
Trône aimable des voluptés ,
La féduction étincelle ,
Et lance fes traits enchantés.

L'Amour de vos tréfors d'albâtre ,
Arrondiffant le contour frais ;
Agite d'une main folâtre ,
Les plus beaux tettons qu'il ait faits.

Oui ; ce Dieu vous pétri , Glicère ,
De lys , de rofes & d'appas :
Mais avez vous le don de plaire ?
Non , Glicère , vous n'aimez pas.

A ÉGLÉ.

Sur ses pas, la froide vieillesse
Amène assez tôt la raison ;
Profite, Eglé, de ta jeunesse,
Pour la folie & la tendresse,
Hélas ! il n'est qu'une saison !
Je vois que des jeux de Cythère
Tu sçais assez bien t'occuper,
Et qu'à l'art enchanteur de plaire ;
Tu joins gaîment l'art de tromper.
L'Amour dans ton boudoir perfide,
Porte les sacs de nos Créfus :
Tous tes jours font fort bien vendus,
A leur instinct froid & stupide ;
Mais il est des momens perdus :
Livre les à l'amant avide ;
Et que dans l'age du desir,
Il n'achete point le plaisir.

(56)

Dépouille la fotte opulence

De ce pefant & vieux Midas ,

Qui fatiguant envain tes bras,

Ne peut fentir fon exiftence ,

Que lorfqu'il fane tes appas.

Midas a pour lui la richeffe,

L'or , les rubis, les diamans :

Moi, j'ai les fleurs de la jeuneffe ,

Des feux, des defirs , dix-huit ans.

De louis il féme tes charmes ,

Et ton fein formé par l'amour ;

Mais moi, de baifers & de larmes,

Cette nuit, fi tu rends les armes ,

Je les couvrirai jufqu'au jour.

Allons, divine enchantereffe ;

Prens moi dans tes bras ; que je preffe

Ton fein, fur mon fein éperdu :

Et dans les tranfports de l'yvreffe ,

Plongeons notre être confondu.

Notre

Notre plaisir sera durable :

Nous avons, pour nous enflammer,

Toi, l'art précieux de charmer ;

Et moi, sans être trop aimable,

Graces à toi, le don d'aimer.

A MONSIEUR **.

Mon paresseux par excellence,

Le fou le plus léger de France,

Quoi ! mon aimable Anacréon ;

S'avise déjà d'être Sage ;

Et pour se faire un triste nom,

Détruit les erreurs du bel âge,

Et suit, à vingt-ans, la raison !

Laisse ton sistême sublime ;

A vingt-ans, sied-il de penser ?

Anacréon s'en fit un crime ;

Il faut jouir, c'est la maxime

Qu'il s'eft permis de nous tracer.

Héritier de fa docte lyre ,

Fils du Dieu qui fçut l'animer ,

Longtems encore il faut aimer :

Je te pardonnerois d'inftruire ,

Si tu ne pouvois plus charmer.

VERS

A MADEMOISELLE M**.

En lui envoyant un Serin.

DAIGNE fourire à mon fincère hommage ;

Jeune Philis , & reçois mon ferin :

De tout Nevers le plus faint perfonnage ,

Ververt bientôt , perroquet libertin ,

Souilla fes mœurs & profana fa cage.

Mais mon oifeau , fidèle à la beauté ,

Plus careffé , plus fucré , plus gâté ,

Et moins dévot , n'en fera que plus fage.

Il n'a point lû le code du couvent ;

Loin des parloirs , élevé par moi-même ,

Il parle peu , mais parle fagement ;

Et , s'il retient ce que je dis fouvent ,

Il te dira : » belle Philis , je t'aime !

Par tes attraits tu fauras le fixer ,

Eh ! près de toi , peut-on être infidèle ?

Tu le verras , fur ton col s'empreffer ,

Aller , venir , jouer , te careffer ;

Et te prenant pour la rofe nouvelle ,

Par cent baifers mollement te bleffer.

Au char léger des riens & des chimères ,

Par le beau ton , attaché malgré moi ,

Je verrai donc nos erreurs , nos miferes ,

Et je plaindrai les mortels , mes fots freres,

Quand mon ferin jouira près de toi ?

De ton efprit entendre les merveilles ,

Mouiller fon bec fur tes lévres vermeilles ;

Voilà son fort ; que n'est-il fait pour tous ?

Ah ! si jamais comblé de tes tendresses ,

Il répond mal à des transports si doux ,

Dis-lui : « connois le prix de mes caresses ,

» Ingrat oiseau , ton maitre en est jaloux.

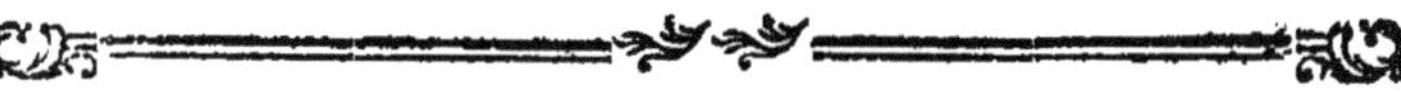

A   D O R I S.

EN dépit du sourcil altier ,

Et de la moustache helvétique

De cet Adonis Germanique ,

Qui , loin de son triste foyer ,

A tes genoux fume , s'enivre ,

Et , l'or en main , vient te prier

De bien le ruiner pour lui montrer à vivre :

Je veux , ce soir , jeune Doris ,

Expirer mille fois sur ces trésors profanes ,

Que l'on recruteroit aux rives Musulmanes ,

Pour les élus du charmant Paradis.

Ce Monseigneur un peu ruſtiqne,

N'aime pas qu'on touche à ſon bien;

Mais, Doris, il eſt hérétique;

Et tu ſçais qu'un bon catholique,

Doit piller un mauvais chrétien.

A MONSIEUR D**.

Partant pour ſa terre de St. J.

IL faut donc ſuſpendre ma lyre,

Et ne plus ſonger aux amours ?

Il faut donc que l'ennui déchire,

Les fleurs dont tu parais mes jours ?

Ami, tu fuis & ſur ton aîle,

Tu m'enleves tous mes plaiſirs;

Pour prix d'une amitié fidèle,

Tu ne me laiſſes que ſoupirs.

(62)

Séjour ferein , charmant azile ,

Hélas ! toi , pour qui je gémis ,

St. J ₓ , quand , dans ton fein tranquile ,

Réuniras-tu des amis ?

Il femble que je me confole

Par cet efpoir doux & flatteur ;

Je me plains que le tems s'envole :

J'accufe aujourd'hui fa lenteur.

O tems ! par un heureux menfonge ,

Dérobe des ans fuperflus ;

'A ces jours longtems attendus ,

Porte-nous , comme après un fonge !

'Ami , quelle félicité !

Oui , je veux qu'en ce lieu champêtre ,

Loin des fots humains habité ,

Le ciel puiffe fe reconnoître ;

Et qu'oubliant d'avoir été ,

Nous ne fongions qu'au plaifir d'être.

Dabord , pour nous faire des loix ,
Nous confulterons Epicure ;
Notre Dieu fera la nature ,
Nous n'écouterons que fa voix.
Il faut , dans les mêmes guirlandes ,
Lier l'amour & l'amitié ;
Pour nos plaifirs & nos offrandes ,
Ils feront toujours de moitié.
Nous oublierons le fot vulgaire ,
Les grands , les fats , les ennuyeux ,
Ces Rois illuftres malheureux ,
Qui trouvent le fecret de faire
Souvent de plus malheureux qu'eux.

Sous nos pas la délicateffe ,
Répandra fon goût & fon art;
Le rafinement en tendreffe ,
Doit plaire , tant qu'il n'eft pas fard.
Tantot ce fera le caprice ,
Tantôt un plaifir médité ;

Mais que de la variété

Le cœur prenne toujours l'aufpice ;

Que le defir foit confulté !

Souvent de la trifte opulence

Nous rejetterons les apprêts,

Pour aller, au fond des forêts,

Jouer avec la négligence.

Rivaux du tendre Anacréon,

Nous ferons, dans notre Cythere,

Des vers, que la prétention

N'ira point d'une aile légere,

Ravir au voile du myftère,

Et porter au grand tourbillon.

Renonçant aux élans fublimes,

Pour chanter un aimable Dieu,

Tu feras revivre en tes rimes,

Chapelle, la Fare & Chaulieu.

Si nous n'avons pas leur délire,

Et leurs accens mélodieux,

Si nous plaisons moins sur la lyre;

Nous jouirons aussi-bien qu'eux.

Laissant ainsi couler la vie,

Philosophes sans le vouloir,

Nous ferons une académie,

De bonheur , & non de sçavoir.

Nous laisserons le nom de sage,

A tous ces corps d'illustres fous :

Ils auront le nom en partage,

La sagesse sera pour nous.

A MADAME DE.....

Qui prioit l'Auteur de l'accompagner au Confessional.

TU veux m'amener à confesse:

Mais, Eglé , je suis un mortel ,

Qui , dans l'âge de la foiblesse ,

Ne fait pas un péché véniel !

Ah ! que ma sainteté m'accable !

Je ne puis me la pardonner ;

Car, ma foi , je me donne au diable,

Pour trouver l'art de me damner.

Je lorgne de près nos actrices ;

Je suis sans cesse à voltiger

Dans les boudoirs & *les* coulisses;

Je ne manque pas un danger.

Lors même que je préconise ,

Le mal , où je voudrois nager ,

On craint qu'on ne me scandalise:

Vénus prend un voîle léger;

Et la beauté me canonife ,

Exprès pour me faire enrager.

Toi feule, Eglé, plus charitable ,

Me prends pour un chrétien heureux ,

C'eft à dire pour un coupable :

Hélas ! vois mes liens affreux.

Mais fi tu voulois , il me femble ,

Ces liens feroient détachés ;

Faifons enfemble des péchés ,

Nous les confefferons enfemble.

VERS A JEANNETTE.

A l'Orient.

AH ! Jeannette, foyez volage,

Ufez des droits de la beauté ;

Mais aurez vous la cruauté

D'oublier un petit fauvage,

De fon Ifle autrefois jetté,

Sur votre floriffant rivage ;

Qui croyant voir l'Europe en vous,

Rougit de répandre des larmes,

Et s'élançant fur vos genoux,

Dit : mon pays n'a pas ces charmes ?

Rendez-moi ces jours éclipfés,

Où loin du crime & de la feinte,

Par la main du plaifir bercés,

Nous n'avions que la douce crainte,

De ne pas nous cherir affez !

Dans le corſet d'une bergere,
Plus belle que Flore & Cypris,
Vous poſſédiez le don de plaire;
Et moi, malgré l'air du pays,
J'avois celui d'être ſincère.

Né libre, & trop indépendant,
Pour gêner un amour extrême,
Emporté par le ſentiment,
Je vous diſois des *je vous aime*,
Comme on n'en dit plus maintenant.

Quel eſt le fruit de ma conſtance?
Jeannette, vous ne m'aimez pas:
Avec les graces, ſur ſes pas,
L'age amene l'indifférence.

Oui, je vais deſcendre au tombeau,
Paré des fleurs de la jeuneſſe:
Je vois s'éteindre le flambeau
Qui nourriſſoit notre tendreſſe.

L'amour ne peut-il l'allumer

Qu'aux doux rayons de notre aurore ?

Eh bien, foyons enfans encore,

S'il faut l'être pour nous aimer.

A MON PERE

Le jour de St. François, fa fête.

SI je pouvois en confcience,

Pour former un nouveau lien,

Me débaptifer fans difpenfe ;

Oui, St. François, ce bon chrétien,

Votre Patron par excellence,

Dès ce moment feroit le mien.

De Benoît l'opulente Race,

Et de Bernard les gras enfans

Jurent de boire à nos dépens,

D'excellent mufcat à la glace ;

Arrondiffent leur fainteté,

Au fond d'un riche bénéfice;

Damnent toute l'humanité,

Et fans entendre leur office ,

Gagnent gaiment l'éternité.

Que votre patron fut plus fage !

Vive le bon-homme François!

A fes Moines pour héritage,

Qu'il laiffa de plus dignes loix !

Sur le foc qui gliffe avec peine,

Il veut que fes fils fufpendus,

Humiliant leurs fronts tondus,

Déchirent le fein de la plaine;

Et qu'ils cultivent de leurs mains,

L'art que le Philofophe adore,

L'art bon qui nourit les humains,

Chez les François rampant encore,

Et préféré par les Romains.

A l'art cruel qui les dévore,

Oui, vous deviez porter le nom

Du plus juſte ſaint de l'Egliſe;

Car, pardonnez à ma franchiſe,

Vous valez bien votre Patron.

Enfoncé dans la ſolitude,

Sondant l'abime de ſon cœur,

Il fit une profonde étude

Et de l'homme, & de ſon auteur.

Loin de cet égoiſme extrême,

Qui n'eſt ſage que pour lui-même,

Au milieu du ſiécle pervers,

Vous l'êtes pour tout l'Univers,

Et voilà la vertu que j'aime.

La vertu doit-elle chercher

Un déſert ſauvage & barbare ?

Que ſert-elle au fond d'un rocher ?

C'eſt un don du ciel aſſez rare ;

Il ne faut pas nous l'arracher !

De

(73)

De frocs, de cordons, de befaces,

François affubla les vertus :

Chez vous ce font autant de graces ;

Elles ne vont point les piéds nuds.

Les rofes font leurs difciplines :

Nous les voyons, loin des Epines,

S'uniffant aux grouppes des ris,

Rejetter la groffiere chaîne,

Pour la guirlande de Chloris,

Et le fale cordon de laine,

Pour la ceinture de Cypris.

Laiffant le froc à la rudeffe,

La fandale à l'auftérité

Et l'habit brun à la trifteffe ;

L'œil éteincellant de gaité,

Elles ont l'air de la jeuneffe,

Le fourire de l'enjouement ;

Et ne nous montrent la fageffe,

Que fous les traits de l'agrément.

K

Pere d'une famille immenfe,

Il veut que fa poftérité

Faffe à Dieu ferment d'ignorance,

Et pour bannir la vanité,

Lui promette avec l'indigence

La criminelle obfcurité.

Vous nous laifferez en partage,

La haîne de l'oifiveté,

L'amour du bien, l'intégrité,

Et les tréfors du premier âge,

Le bon efprit, la vérité.

Lorfque votre trame brifée,

Dans la nuit obfcure du tems,

Précipitera vos beaux ans;

Vous defcendrez dans l'Elifée,

Qui redemande fes préfens.

Du fonge léger de la vie,

Conduite à ce réveil charmant,

Votre belle ombre doucement,

S'en ira, de nos cœurs fuivie ;

Embraſſer fon patron gaîment ;

Et le laiſſant avec fes freres ,

Sur quelques points nazillarder ,

S'aſſeoira parmi les bons peres ,

Et de loin ſçaura nous guider.

ÉPITRE

A MON AMI.

BEAU maſque , aimable anachorete ,

Qui prêchez ſi bien la retraite ,

L'oubli des ſots & des pervers;

Ma foi , votre peine eſt frivole ,

D'un ſaint vous vous donnez les airs ;

Mais c'eſt en mal jouer le role ,

Que de faire de ſi beaux vers.

Malgré le froc & la ſoutane ,

Dont s'enveloppe ta gaîté ;

A ce ſermon un peu profane ,

Qu'Amour contre Amour a dicté,

Ami, je reconnois mon charmant Epicure,

Qui, dans Ivri, pour de nouveaux plaifirs

Va chercher de nouveaux defirs,

Et qui, par paffe-tems, infulte à la nature.

Attend que le Zéphir ramene les beaux jours,

Dans nos champs émaillés des perles de l'Aurore :

C'eft l'heureux tems, où Vénus prète à Flore

Et fa ceinture & l'effain des Amours.

Ils s'en vont tous, fur des lits de verdure,

Du froid Borée oublier les rigueurs :

L'art difparoit, la volupté s'épure ;

Et la beauté renaît avec les fleurs.

Mais l'hyver dans nos champs agite encor fes aîles,

Et tu fuis le fein de nos belles :

Le plus beau de leurs favoris,

Fait pour leur rendre ton hommage,

Fait pour en recevoir le prix ;

Paré des graces du bel âge ,

Sans un paſſeport de Cypris ,

Comment peux-tu quitter Paris ,

Et leur laiſſer le plus triſte veuvage ?

Pour briller au grand tourbillon

Laiſſe là tes ſabots & ta Philoſophie :

Le doigt léger de la folie ,

Saura bien derider ta mauſſade raiſon.

Ne regrette pas la nature ;

La nature ne vaut pas l'art :

Le plaiſir , comme la figure ,

Ne peut que s'embellir ſous quelques tons de fard.

Si quelque œil payſan de ton départ s'attriſte ,

Pour ſes traits chiffonnés ſi ton cœur ſoupira ,

On te conſolera.

De nos beautés du jour viens prendre ici la liſte

Et ta lorgnette d'Opéra.

VERS

A MADEMOISELLE G**.

O toi que je ne connois pas,

Toi que j'idolâtre & j'admire,

Qui joins les talens aux appas,

A l'art de plaire l'art d'écrire,

Renonce un moment à séduire ;

Et dis au Dieu qui suit tes pas,

De m'apporter ta docte lyre.

Sur son tombeau, près de Cypris,

Le galant vieillard de la Grèce,

Fit asseoir Bacchus & les ris ;

Et dans les bras de sa maitresse,

Chanta l'amour en cheveux gris.

L'amant volage de Corine,

Prêchant & d'exemple & de voix,

Sema sous sa plume badine,

Du plaisir les faciles loix,

Son code aimable, sa Doctrine.

Fière de ses crayons flatteurs,

Plus prodigue, plus dérangée

Que tous nos petits grands Seigneurs;

Ta muse avec art négligée,

Voltige, comme eux, sur les fleurs,

Et dans sa course dégagée,

Seme ses trésors enchanteurs.

Dans les archives de la gloire,

Tu conduis ton génie ardent;

Et tu débrouilles, en jouant,

L'effrayant cahos de l'histoire,

Comme tu déférois ces nœuds

Qui de ton sein parent l'ivoire

Et l'ébène de tes cheveux.

Dans le siécle de la folie,

Tu sçais, en dépit du bon ton,

Ouvrir ta porte à la raison,

Et dans la coupe de la vie,

Que déborde l'illusion ,

Jetter avec discretion,

Quelques grains de Philosophie.

Par le sentiment enseigné,

Que ton cœur est profond & tendre !

C'est Deshoulieres, Sévigné,

Dans tes vers, que l'on croit entendre.

L'amour seroit-il par hazard,

Séduit aussi par ton langage ?

En voyant son plus bel ouvrage,

Non ; l'amour a dit, c'est G**.

G**, je voudrois sur mes traces,

Conduisant les ris ingénus,

Comme toi célébrer les Graces,

L'amour, les Nymphes & Vénus.

Je

Je voudrois chanter la jeunesse,

L'art de plaire, les agrémens,

L'esprit & ses attraits piquans ,

Encenser même la sagesse ,

Les vertus & les sentimens ;

Dut-on m'accuser de tristesse,

Et me renvoyer au vieux tems.

Mais lorsqu'il faut que je rassemble

Des Dieux épars dans l'Univers,

Et que je franchisse les mers ,

Je vois mon audace ; & je tremble.

De grace, dis-moi, que t'en semble ?

Ne vaut-il pas mieux m'arrêter ?

Et pour les chanter tous ensemble ,

N'est-ce pas toi qu'il faut chanter ?

VERS

A MONSIEUR ***.

CHER Abbé, puisqu'absolument,
Comme on le dit, vous voulez l'être,
Je vous en fais mon compliment,
Il n'est pas de métier, peut-être,
Plus agréable & plus charmant.
Mais, croyez moi, peur de folie,
Différez un peu votre envie :
Scandaliser, seroit grand mal,
Prèt à renoncer au profane !
Attendez donc le carnaval,
Pour mettre Apollon en soutane.

A ROSINE.

QUOI ! Rosine, il faut, pour te plaire,
A Meudon voler sur tes pas !
Je ne suis pas bon antiquaire,
Et près d'un couple octogénaire,
A dix-huit ans, que faire, hélas !
Dans ces bois sombres & tranquilles
Du mistere charmans asiles,
Où tout dit qu'il faut s'embrâser,
Quand de mes flammes dévorantes,
Je voudrai vingt-fois t'enlasser,
Et presser tes lévres tremblantes,
Sous l'humide poids du baiser :
J'admirerai de nos coquettes,
Les regards, les soupirs glacés,
L'art de cacher sous des cornettes.
Les sillons que l'age a tracés,

La bonne grace des lunettes,

Sur un nez des siécles passés.

Heureux s'il ne faut pas encore,

Malgré tes charmes dangereux,

Malgré le feu qui me dévore,

Cacher mon trouble de mon mieux ;

Et défendre même à mes yeux,

De te dire que je t'adore !

A THÉMIRE.

J'Ai su par l'indiscret Zéphire

Qu'en petite loge, ce soir,

Brille aux Français l'art de séduire,

Armé de son plus doux pouvoir ;

Je t'y suivrai, belle Thémire :

Tu veux voir la tendre Zayre ;

Et moi, je brûle de te voir.

(85)

Pour nous faire tourner la tête,

Minois fripons de l'Opéra ,

Epuifez l'art de la toilette :

Thémire vous éclipfera !

Affez on vous prodiguera

L'hommage dû par l'étiquette ;

Moi, fi je tire ma lorgnette ,

Ma Thémire la fixera.

Non , rien , aimable enchantereffe ,

Ne diffipera mon ivreffe ;

Un feul regard , un mouvement,

Tout , Thémire , flatte, intereffe,

Le cœur avide d'un amant.

Dans notre fein , en traits de flamme ,

Quand le fenfible Mufulman,

Sémera fon trouble charmant,

Sur ton front j'épîrai ton ame.

Tu claqueras fes tendres feux ,

Je claquerai tes jolis charmes;

Et si je vois dans tes beaux yeux,

Rouler un nuage de larmes,

Je m'écrierai : » Dieux, quel bonheur !

» Bannissons les tristes allarmes ;

» Thémire me rendra les armes,

» Ma Thémire posséde un cœur.

ÉPITRE

A M. LE COMTE DE =*.

CHer Comte, je te félicite ;

Lactance a donc su te charmer ?

Dans la cabanne qu'elle habite,

Tu veux connoître l'art d'aimer.

Vole où te guide la tendresse ,

Pénétre son séjour , serre la dans tes bras ;

Jure de l'adorer sans cesse ,

Fais lui boire à longs traits l'yvresse,

Demande, à ses genoux, le prix de tes appas.

(87)

Mais n'emmene point fur tes traces,

Le fafte altier de la grandeur ;

Car la grandeur fait envoler les graces:

Sous le chaume il ne faut qu'un cœur.

Et comment, bercé d'aventures,

L'aimable conquérant du jour,

Fait aux petits traités, aux charmantes ruptures,

' Aux froides paffions de Cour,

Pourra-t-il au fond d'un village,

Et fur un autel de feuillage,

Sacrifier au délicat amour ?

Ici la bienféance accordera peut-être

Que le plaifir, d'un jour, foit différé,

Pour dire qu'on a foupiré;

Là, le plaifir ceffe de l'être,

S'il n'eft pas longtems defiré.

Comte, il faut d'autres foins, il faut d'autres careffes:

Le bois où la Bergere aime à fe repofer,

N'eft pas le boudoir des Ducheffes;

On n'y doit pas toujours ofer.

Sur tous nos tettons d'importance

La bouche craint de s'embrâſer,

Et s'imprime ſans conſéquence ;

Aux jeunes tréſors de Lactance

Il faut bien un autre baiſer !

FIN.